整个世界慢慢灰暗下来

龚静染 著

四川文艺出版社

图书在版编目（CIP）数据

整个世界慢慢灰暗下来 / 龚静染著. — 成都：
四川文艺出版社, 2018.9
ISBN 978-7-5411-5153-8

Ⅰ.①整… Ⅱ.①龚… Ⅲ.①诗集—中国—当代
Ⅳ.①I227

中国版本图书馆CIP数据核字(2018)第213678号

ZHENGGESHIJIEMANMANHUIANXIALAI
整个世界慢慢灰暗下来
龚静染 著

策　　划　最近文化
责任编辑　程　川　奉学勤
封面设计　叶　茂
内文设计　叶　茂
责任校对　段　敏
责任印制　周　奇

出版发行　四川文艺出版社（成都市槐树街2号）
网　　址　www.scwys.com
电　　话　028-86259287（发行部）　028-86259303（编辑部）
传　　真　028-86259306

邮购地址　成都市槐树街2号四川文艺出版社邮购部　610031
排　　版　四川最近文化传播有限公司
印　　刷　四川五洲彩印有限责任公司
成品尺寸　130mm×185mm　1/32
印　　张　7.75　　　　　　字　　数　160千
版　　次　2018年9月第一版　印　　次　2018年9月第一次印刷
书　　号　ISBN 978-7-5411-5153-8
定　　价　45.00元

大地用镜子

看见忧伤

目 录

岸
边

站在岸边

头发是树叶的一部分

漩涡是泥土的一部分

乱石是星星的一部分

风声是箴言的一部分

而只要能说出它们中的一个

必有历史坍塌成灰

必有河流改道　红颜枯槁

也必有人手提大斧

去造流水的棺木

雨、

打浮萍

雨使劲地打着浮萍

打它们的脸

噼噼啪啪的耳光

又重又狠

像在抽打着我的童年

一万颗雨

都打在一张脸上

雨的牙齿四溅

浮萍被打得摇摇晃晃

那么小的脸

挨了一天一夜的暴打

眼睛和鼻子肿成了一团

而两只被打落的耳朵

沉到了水底

地上落满了黄叶

从外面回来

我写下这样的字句

"太阳很好

地上落满了黄叶"

在冬天的成都

这样的天气难得一见

我沿着河边走

碰到了跳舞的大妈

在操场里走

看到一群骑车的孩子

在天桥上走

听见做笛子的人

吹着一串单音

那天我走了很多地方

像在漫无目的的春天

但现在是初冬

穿着厚厚的棉衣

我看到了松动的纽扣

解开的围巾

和倾泻而出的树枝

但此时我应该走到

地铁口前

去告诉里面的人们

"太阳很好

地上落满了黄叶"

霜

降

这一天我打了三个电话

一个是儿子

他还在念小学

总把ai念成ei

每周三他都会站在卡亭旁

等待我的电话

他厌倦借宿学校

说话像在哭

回去的途中他要穿过操场

而鞋带永远没有系好

这个我完全知道

一个是妻子

正在参加礼拜

面对恍惚的生活

她也相信一点上帝

当年她是医院里的护士

病人和爱情

都照料得细致入微

但在针头和尖顶之间

总有细细的隐痛

一个是朋友

很久没有通话了

只是想聊聊天

他是个充满激情的人

要是从远处回来

他一定戴着顶毡帽

并插上一根

漂亮的翎毛

打完三个电话

我就感到了饥饿

看了看日历

今天是霜降

流水

在鱼群中看到

初春的柳叶

又在柳叶里看到

六月的绸缎

还在绸缎中看到

燕子以南

波涛汹涌

但不要说这是一幅画

流水从不留下什么

在噶玛寺

在噶玛寺我才见过蓝天

飞檐上的乌鸦见过的蓝天

在噶玛寺我才见过草地

辩经场上的虫子见过的草地

在噶玛寺我才见过溪水

山坡上的牦牛见过的溪水

蓝天、草地、溪水

我都见过

随处可见

但都不是我在噶玛寺见过的

在扎曲河上游

海拔四千米的地方

有座庙叫噶玛寺

你能见到真正的

蓝天、草地、溪水

树木之巅

清晨的往事

黑暗中的微笑

是如此惊心动魄

一片树叶遮住

另一片树叶

是自然的事情

如果阳光在雾中

长满蘑菇

如果露珠的牙齿

美如石榴

我会在醒来之时

飞往树木之巅

河被冻住了

跟两岸冻在了一起

跟岸上的飞鸟、牲畜冻在了一起

跟水边的鱼泡、芦苇冻在了一起

用最重的大锤　最尖利的铁锹

也砸不烂、撬不碎那些冻死的水骨头

但树木也许还是活的

庄稼的种子也可能是活的

却跟死了没有什么两样

在寒冷的冬天

一望无际的干枯弥漫到了河边

不　连河面也是干枯的

就像有过一场大火

烧掉了所有的波澜和涟漪

光秃秃的土地上只有翻卷的尘土

将牛羊的干粪刮到半空

并重重地打在冰面上

但卵石里的火种还活着

沉渣里的幽灵还醒着

——只有冻

死死锁住了生的此岸

天黑前的　鸟叫
是　能听懂的

天黑前的鸟叫

是能听懂的

但听懂了

你就会伤心

伤心自己也曾是

一只鸟

在前世的黄昏

急着回家

而总有一个人

在鸟叫中

听懂了天黑

石

头

谁没有见过石头呢

但在石头变成石头以前

谁也不认识它们

我们看到的石头

坚硬而冰凉

没有一个棱角能够

映照世界

也没有人把一块石头

永远放在手心

但在石头变成石头之前

它们同星星一样

也会发光

也会在幽暗的天空中

排列有序

但石头到底是什么呢

可能石头也不知道

它没有嘴唇

也没有耳朵

而这只能想想而已

梦见了群山

在梦里的群山上

秋天不是我的

云朵不是我的

山顶的金子也不是我的

但有个声音在说

轻雾是天堂的

飞鸟是喇嘛的

站着的地方是佛的

是风听见了它们

就像豺狼听见了溪水

萤火虫听见了黑暗

而虚无在一场大雪中

变成了聋子

一个夜晚

运煤车在黑夜里穿行

浓烈的粉尘落在公路的两旁

池塘和植物剧烈地咳嗽

但我必须睡去

这样的夜晚一个接着一个

天空无法再堆下乌云

车轮开始熊熊燃烧

粗野的轰鸣要持续到天明

但我必须要记住

她的眼里还有一个夜晚

唯一
的故乡

那是在小镇的桥上
秋风吹拂着惬意的烟头
你的头发乱成一团
如同地里的谷垛

河里没有漩涡
浅滩里的卵石安安静静
云不断地撕开聚拢
不停地奇思异想

也就在这时
马匹慢慢地走了过来
不是从云里
是从桥的另一端
马尾扫着苍蝇
像在扫着旧年的雨滴

踢踏声穿过小镇
只是一支烟的过程

我就看到憔悴的人

开始在点燃的舌头里

讲述唯一的故乡

岷江

之思

江水也能翻起卵石

让河床陷于虚无

慢慢浮起的黝黑的脸

被一道亮光划破

初秋的肉身

比一枝水葫芦花

还要混沌不安

在八月之末

我独行于船上

不想汹涌的由来

也不想凸凹不平的两岸

看
一棵树

落光了

一片不剩

那种干净人做不到

又长上了

满身新绿

闪着微微的光

那种富足

人也做不到

蚂蚁的腿

蚂蚁只有细细的六条腿

细得像睫毛

在哭泣面前停下来

每天早晨

蚂蚁把露珠搬到树叶上

将阳光分给每片叶子

它们整天忙碌

晚上才卸下六条细腿

当作故事的枕头

初春

安静的小路

收下四溅的泥浆

光光的石头上露珠丛生

鱼在水中翻背

清风喂养着枝条

去年的雪已被野花烧掉

山里的小镜子

明亮而温暖

种子把土地抬高了一点

大雨运来了青草

牛羊要回到云里

这一切都让人相信来世里

仍有溪水和蝌蚪

天生可怜

饿的时候就能写出诗

冷的时候

想哭的时候

发愁的时候也能

饿了的乌龟

落单的鸟

冻了一夜的狗

它们或许都是诗人

诗人天生可怜

诗会让那些饿的人

冷的人

想哭的人

和发愁的人

好受一点

傍晚的飞机

鸟在秦岭以南

变成了杯盏

要是在陆地上

我已坐在酒吧的一角

敲碎冰块

让琥珀长出羽毛

但现在飞机是安静的

天空也是安静的

有人放着河灯

有人捡着发光的虫子

晨点

凌

一

现在真好

争吵结束了

一切都归于平静

尽管有人会失眠

但他们闭上了嘴巴

脑袋里只有一团

缠绕的铁丝

但没有人听得到

金属的声音

现在真好

凌晨一点

允许打呼噜说梦话

允许猫发情

爬到高高的墙上

比梦还高

一直叫到天亮

铁椅

铁椅很凉

春分前的一天

我坐在了那张铁椅上

整个冬天

我都没有坐过它

它在小区的一角

淋着雨

生着锈

坐它的都是老人

和树上掉下的落叶

但春天来临

我要去坐坐它

并知道自己有一张

冰凉的屁股

意 义

是第一场秋风吹走了

池塘里的喧哗

并容你一跳　不再出没

那时候鱼游进了篝火

涟漪挂在树枝上

星星在水中慢慢碎掉

而我站在一块广告牌下

裹紧了衣服

然后从人群中拿走底片

是的　秋风无意义

独自的荷花无意义

而湖面上只飘着

细小的风筝

拍球的少年

楼下有拍球的声音

球拍在地上

坚硬的地面又将球

弹回手里

球在手和地面之间

来来回回

我想象不出他的样子

也不知道是否穿着一双

蓝色的耐克球鞋

但在拍球的声音中

有几次停顿——

他把球抱在了怀里

望着空无一人的球场

春眠

刚刚醒来

这个午觉真长

太阳很大

有颗苍蝇在玻璃上飞

羽翼吱吱响

但醒来跟它没有关系

楼下的清洁工

已经走了

我可以不用看那个

年老的人

但我曾经去想过他的

佝偻和工钱

甚至他的老家

那个我不知道的乡村

此时我应该发个呆

或者望一望

稍微远一点的地方

河水在流动

树木发出了新芽

这都是在我睡着的时候

发生的事

又看到了路边的

房产推销员

还在不停跟客户游说

就是这个人

我一定在梦中遇到过他

衬衣很脏

领带一丝不苟

在春天里讨价还价

両

界

在河边

有人甩石子

扔烟头

撒尿

还有人

在河边亲吻

水面多出了两张

变形的嘴巴

而鱼独自游着

不想搭理

他们

心存感激

在雨天

听见锄头的声音

一下　两下

从坡地上传来

铁锄扎进去

土被劈为两半

还有树根

蚯蚓和瓦块

声音短促而有力

挥动锄头的人

翻开了新鲜的泥土

并取出种子

只有头顶的小雨

心存感激

傍晚的小孩

孩子　你不要走进傍晚

像可爱的七星瓢虫　在花园深处

在树荫之下　迷失

小小的身影

蝴蝶早已飞走

花朵不再说话　孩子

你不要走进傍晚

在水渍中看见流云

遥远的秋天里

你拾着麦穗

你的手里　是最初的粮食

它们在傍晚　金黄色的傍晚

把大地的疼痛轻轻地释放

现在　你该回到家中

如果你是我的孩子

我会多么地爱你

夜就要降临　你的心会被花香熏迷

脚印会让蚂蚁搬走

身影会被晚风吹跑

傍晚的小孩

你不要离我的眼睛太远

你的孤单　会让我憎恨黑暗

和这个世界

说

话

那是个下午

麻雀在林子里喧闹

癞蛤蟆在水边发呆

狂吠的狗守着

返青的土地

我停下来抽烟

并顺手扔去一块石头

豆荚里藏着

一冬的胎气

四周坐着哑巴

而那块飞出的石头

突然开始说话

它说的是——

桃花李花

李花桃花

夜生活

夜深了

眼里布满血丝

他还在城里转悠

收音机里讲着一个

侦探的故事

他把车停在了

夜总会门口

出来的男女搂搂抱抱

酒醉醺醺

他只为了挣一点钱

要为别人找家

这一夜他只拉了

几个客人

却必须在天亮前收班

但不能倒头大睡

他煮上鸡蛋

冲上牛奶

等着女儿上学

他是个中年男人

以前在工厂打工

也折腾过一些小生意

被股市彻底套牢后

借钱开起了出租

在沉睡之中

他梦见了白花花的太阳

梦见有人给他假钞

梦见路上有个大坑

还梦见他的前妻

端来一碗热汤

一阵风后

落叶重重在砸我

砸在头顶

双肩

和脚背

就像要把整个秋天

砸在身上

但落叶连一只蚂蚁

也不会砸伤

而蚂蚁也不会躲避

一片落叶

落叶不是在砸我

它轻得可以飞到空中

带上我的疼痛

爵士乐

一曲爵士乐

从远处传来

唱歌的人

端着红酒杯

扭着腰肢

性感的臀部

是献给黑夜的

我点燃了一支烟

把刚才的一切

献给了自己

饿

鱼在缸里活了一年

没有人喂它

它一天一天在瘦

瘦得像根针

在阳光下闪闪发亮

它真的活着?

——春天在问冬天

是的　它在冬天活着

像春天一样活着

还像针一样闪亮

而饿让它没有生锈

蝙　蝠

在黄昏看见蝙蝠

在黝黑的水边看见蝙蝠

在乌云密集的窗前看见蝙蝠

遍地是扔下的单车

如蝙蝠的尸体

手机要在夜里长出

微弱的羽毛

秋风起

蝙蝠飞

法鼓山

第一次在那里听禅

庙宇是安静的

菩萨是安静的

拈花微笑是安静的

水池里的卵石也是安静的

在安静的中午

我们轻轻地嚼着

安静的米粒

远远望去的海湾是安静的

海上看不到一只船

翻滚的海浪

因钟声而静谧

而在大陆那边已近春节

人们在准备年货

回乡的人们匆匆忙忙

但听禅是安静的

我闭上眼睛

坐在法鼓山上

不再想起刚才的事情

前朝

前朝是一块碎瓦

不要大声叫喊

一叫就会走出个妖精

铁和铜沉入土层

那是黎明前的鸡鸣

只需要三声

就会骨头散断

羽毛纷飞

歌声幽暗如水

在秋天听到过这样的传说

瓦砾遍地草叶衰败

露珠的心里

没有一丝尘埃

马一浮

马一浮

大胡子

在乌尤山著书立说

有一年

洪水冲断了桥

对岸来人

他说只管搬书

不用救我

还有一年冬天

山上寒冷

手冻得抖

这天的日记

他只写了两个字

青霜

车外所见

山包一个接着一个

山包上最多的是

杉树、竹子和灌木丛

电线杆从这个山包

架到那个山包

它们是长得最快的植物

山包间散落着楼房

但飞快的摩托车

搭走了青年男女

只有大狗和小狗叫着

像他们留下的儿女

山包上也有新坟

盖着几个花圈

鲜艳暖和

但里面的人

一点也不知道

早上
的乌鸦

我又看见了乌鸦

那是一个晴天的早上

树枝轻轻地颤动了一下

我就看见了乌鸦

在松潘

大群的乌鸦追着汽车

它们在头顶上

呱呱乱叫

黑色的羽毛四处飘散

那是个非凡的早晨

或者说是一次

非凡的睡眠

林子里出现了一些人

他们互不相识

乌鸦在树枝上颤动了一下

我就看见太阳

升了起来

汉

堡

突然想起去吃汉堡

走了很远的路

一路上都在想这件事

记得很多年前

我带着儿子去肯德基

他在身边跳来跳去

那是他最快乐的时候

我喝着可乐

看着他把汉堡吃完

然后回家

那时他像头喂饱的小猪

骑在我的背上说：

爸爸，你还要讲个故事

是的，那些故事会让他睡着

那些故事自己也会睡着

但这一天我独自一人

去吃了块汉堡

在回去的路上慢慢嚼着

嘴里的残渣

大

寒

据说是最冷的一天

只是据说

一年之中

比它冷的日子还多

只要有酒

就没有大寒

我约了二三朋友

在大寒这天喝酒

从第一瓶喝到第三瓶

喝到天黑

喝到摇摇晃晃

喝到春回大地

酒里长出了

几只蝌蚪

海子

一万年前的美丽

谁能轻易走过

歌声藏起来

彩林和女妖

轻轻踩着高原的灵魂

一场翡翠的灿烂

深不可测

阳光

十月

大地用镜子

看见忧伤

当风

当风吹过我们的房子
后面的树木不停地喧哗
那些红了的黄了的树林
搅走了停歇的小鸟

当风吹过我们的脸
已不见踪影我看见湖里的波浪
它们一层连着一层
把一只空船推到了湖边

当风又回到我们中间
你的衣服上没有留下一点痕迹
这时我举起一只手说
你看——

当风吹过树梢上的阳光
当风吹落一颗新鲜的露水
当风吹过从前
又吹起一轮新月

草地之夜

一群牦牛正穿过公路

突然闪出的车灯

让它们惊恐不安

但在白天的时候

它们低头吃草

悠闲自在

偶尔抬起的眼神

如云朵一般

我不能想象

餐桌上的烤肉

来自它们的身体

但黑夜来临

我祈祷它们靠得

更近一些

在回家的路上

传来了转经筒的声音

寨子里有沉默的佛像

还有一条小溪流过

清澈宁静

让我想起它们

但车子很快就过去

袅袅的炊烟缝合着

草地之夜

而我已记住了那些

孤单的黑影

忧伤是件事情

忧伤是落在雪白的衬衣上

细细的灰尘

这样的话

我对一个女人说过

那时她还年轻

而忧伤还是件事情

红色出租车

四月的蝴蝶在朋友的小说里

翩翩起舞出租车驶向郊外

红色出租车从金黄的菜花中飘过

引擎在轻轻震动如一只蜜蜂的心房

红色出租车飞动的花朵

城市渐渐熄灭阳光在升起

一辆红色出租车驶进血液的悬崖

"四月有些远了"

"四月是一个园子"

整个世界

慢慢灰暗　下来

水渍已经干了

倒在水里的单车

被风吹走

没有人去过旧巴黎

只有黑白照片

可能去过

盲人的头顶上

站着乌鸦

电线杆上还有一只

它们也许知道点什么

但整个世界

慢慢灰暗下来

大理的云

在大理

我看到的云

干净可爱

趴在山的头顶

一会儿变牛

一会儿变马

一会儿变羊

一会儿全都跑了

空气中只留下

青草的味道

隐喻

自己把自己捡回来

镜子没有磨损

洗浴中的女人

只留下红色的嘴唇

我坐在四四方方的桌子前

把一段文字琢磨

形容词流走

时光洁白如玉

夜晚降临

空气中只留下一个女人的

丝绸和月光

上升

正说着话我就想起了小城

和一个过去的春天

你的声音有一丝是属于故乡的

多少年了这种感叹太轻易

"木槿花只开在童年……"

我说的是一些往事还有小城

一个过去的春天

上升的电梯

树尖的绿让人晕眩

风中鸟的痕迹波浪一样掀动

春天里的一个正缓缓来临

青草让我们回到大地

寒暄后的沉默只因我们曾经相识

只因陌生和熟悉之间

春天戛然而止

一切都源于鲜花渐渐

欲望的心它们把每一个春天

复制得如此相似让往昔来回走动

"木槿花只开在童年……"

电梯里已空无一人

落　　　叶

那棵树

是它们的魂

都散了

刮了一地

有的落到水中

奄奄一息

有的挂在蜘蛛网上

悬在半空

有的贴着车轮

还在狂奔

更多的已经死了

变成了野鬼

在角落里

窸窸窣窣地哭

像核桃

一样的地方

在两个藏族人中间

我听着他们说话

昌都以西

有个像核桃一样的地方

头顶是白云

但两个藏族人

戴着红色毡帽

酥油的气味

比血液还要浓烈

在经幡映照的河面上

伸出的手

开始在飘

很多时候他们会

由一个变成一群

聚在小酒馆里

腰上的短刀切开

牛肉和汉语以及

身后急速退去的草原

在两个藏族人中间

我听着他们说话

昌都以西

有个像核桃一样的地方

千石榴

老太婆的脸

双颊下陷

皱皱巴巴

嘴里的珍珠变成了

一团烂絮

但它年轻过

好看过

脸色红润

牙齿晶莹剔透

连山里的妖怪都想

咬它两口

但它已经老了

越来越干

越来越小

越来越丑

再也不要雨水

和春风

1995 年7月4日

1995年7月4日
我躲在一盏
昏黄的台灯下

电表煤气水费
还有警察
那是外面的事情

我读的是斯蒂芬·金
在成都双林二巷
灯丝如闪电
照见故事的饿狼

这是　　　三月

这是三月

天空打雷
女人画唇
恋爱的花粉穿梭
小狗突然发疯
咬去年的坟

土里会听见
蛇在磨牙
而河水撞断了
美人的肋骨

蜜蜂的屁股
是弯曲的
鱼腥草和马齿苋
四处游走
治世间百病

这是三月

好，诗

好的诗不能

多一个字或者少一个字

就像美女脸上的雀斑

不能多一点或者少一点

就像树上的叶子

数也数不清

但总是有数

哪怕被风吹到最远的那一片

也会被秋天捡起

放在一首好诗里

茫溪的傍晚

再混浊的河水

也能发出光亮

在傍晚

我走近它们

一个新鲜的婴儿

在河底金光闪闪

而它也有一个

天黑的故乡

我知道的海

我知道的海已经老了
不见高楼和城垣
不见桅杆和燕子
海伦也不再出现在
日出的波浪里

鱼群　礁石　海星星
它们与城市的灰墙多么不同
战争静静地存放在海底

湛蓝中能听见钟声
只要你静心去听
雪白的盐里有一场圣诞
人们不必等到冬天

这些都是我知道的海
但它已经老了
海滩上没有脚印
连春天都不能挽留什么

玻璃
碴

孩子站着

手捏着衣角

双腿在微微颤抖

面前是他的母亲

凶巴巴的

想伸手扇他

他低着头

缩着颈子

想躲过那记耳光

这样的情景

我还见过很多次

不同的母亲

不同的孩子

但那记耳光是一样的

它重重落下

脸开裂

扎进童年的玻璃碴

再也取不出来

河边茶馆

轻风绵绵

正是喝茶的好时光

白鹭在河里

啄食蚌壳和沙虫

鸟儿的恋爱

明亮无比

但我要闭上眼睛

给它们一点黑

就一点

久违了　春天

在阳光下打盹

比猫更性感

一个中年男人

穿梭在河边

不停拨响耳掏

尖利的金属声里

有个形容词:

蜜蜂

"天气真好!"

低头擦鞋的人

从不看天

他能把一双皮鞋

刷出两岸烟火

盖碗茶里的茉莉花

与一首歌有关

但三月风大

把所有的故事吹走

我只想打个盹

看到一把伞

立在墙角

雨珠顺着伞下滴

湿了一地

但现在它已经干了

打开

支角突然绷裂——

像蝙蝠耷下翅膀

那是在雨天

在黄昏的墙角

雨水顺着它的身体

滑到了天堂

水中即景

小河里长满了浮萍

河水一动不动

它不再向远处流去

除了鱼

除了消失的漩涡

会去寻找故乡

河水里会长出更多的东西

如早晨的思维一样活跃

但鱼的旅行已经结束

在水草里吐着泡泡

这样的一天

跟人间没有两样

锦

江

风比河里的水快

翅膀落在水里

带着水走

叫卖声喊的是——

买豆腐干不?

买萝卜干不?

喊出的童年要在河边

当面相认

但人到对岸

需要一个黄昏

需要卵石磨出镜子

照旧时的云鬓

在水边

小孩看见过清亮的底片

而母亲想去摸摸

流走的儿子

雨其实是一样的

有钱的人和没钱的人

都走在雨中

白花花的地上

走着有钱的人和没钱的人

他们想的不一样

这个雨天就不一样

雨其实是一样的

初冬的消息

我什么都没有想

天渐渐黑下来

路上也没有什么行人

我不敢说我是从

那些消息中逃出来的

但初冬的残忍

甚于艾略特的诗句

是的　黑暗会让我好受一点

我甚至相信明天

一切都会过去

可河边的石头依然冰凉

世界无法与它对视

任何一个坏消息

都能与死亡等量齐观

我这样走着

什么也不再想

但我知道最黑的树枝里

聚集着绝望的消息

就在树根的四周

一定有忧伤的蚂蚁

悲哀的字

写桥滩

写马边

写岷江

写峨山

写嘉乐纸厂

写新塘沽

接下去还要写什么

我不知道

这辈子要写多少字

是上帝定了的

但我不停地写

夜以继日

不辞辛苦

直到最后一个字

那个字

让我悲哀

《圣经》
里的一句话

"这是头一日

有晚上

有早晨"

今天是元旦

我要把它送给大家

在动车上

两个小时的车程

需要打个盹

我把头倒向了左边

靠着过道

但虚空让人并不踏实

不过总比右边好

那个中途上车的人

头发又脏又乱

有股木头的酸味

只要一靠近

就会梦见回家的路上

长满了野草

橡皮

父母在外面等

下着小雨

衣服已淋湿

有人开始在咳嗽

流鼻涕

不断有人在咳嗽

流鼻涕

静静的考场上

两个小时不算长

但孩子的橡皮

擦不掉他们

可怜的样子

年底的事

小区里围着一群人

救护车已开走

是从七楼上掉下来的

有人说脚已经摔断

有人说内脏破裂

也有人说还睁着眼睛

保安封锁着现场

人们只能伸头

去望那摊想象的血

过年了　要注意安全

但那个从七楼掉下来的人

两手空空

再也过不成年

清明

每年清明

我都会去山上

看望父母

但现在他们只是

一堆骨灰

装在两个匣子里

当年我亲手把他们

送在这里

又转头抓紧生的绳索

只有一条落寞的狗

躲在内心

替我舔舐伤口

而每年清明

它也会来到墓地

把所有的眼泪

吧嗒吧嗒

落在坟上

五

雪尺

见到这场雪

是在一首俳句里

雪五尺

为这场从未见过的雪

打了个寒战

真实的大雪

倒是有过一回

在黑水的大山里

红衣女子

分外夺目

漫山遍野的雪

可以埋下

我们的前世

跑

小侄女

十四岁

从乡下来

骑一辆自行车

满大街跑

她爱柳丝

爱河水

爱风

她要带着它们

一起跑

茫茫的天空中

繁星点点

总有一颗知道我们

在它的眼里

地球是有水的石头

或发亮的水晶

上面生活的人类

总想在某一天

登上别人的星球

而在那些星星上

也有生命

也有大水来临

叶落山巅

但我们的孤独是

疯狂的来由

我们的爱

也会坠入废墟

一次次仰望

就有一次次低头

我们的眼睛

好奇　恐惧　谦卑

带着一个生死轮回的

宇宙

秋

树枝是好看的

但要羞涩的人去捡

游泳池静静的

水中的栾树也掉着叶子

去一场
看
场
电
影

下起了小雨

去看一场电影

黑暗中

雾一样的光线

细细地流过头顶

下着小雨

这是电影的开头

下着一场绵绵的雨

在很多年以前

车轮碾着路面

发出吱吱的声音

骑车人的雨衣

有些发亮

但车灯照见的雨

蹲在角落里

我打着一把伞

从银幕走到了街头

想拿走一件

发霉的衣裳

玩笑

——致米兰·昆德拉

也许在寒流中

更能感受生活的本质

一盆热腾腾的腊汤

是活下去的理由

也许冷峻的冬天

黑夜更加漫长

我要喝下更多的酒

才能去翻越那些

冰冷的铁栏

微笑总在一个拐弯处

扑面而来

旧日的情人忘记了

嘴唇的干裂

颤抖的身体会让大雾

渐渐融化

从一个漩涡到

另一个漩涡

生活只是随波逐流

但我已习惯把卑微

藏在哈欠里

并用手

悄悄把它抹去

糖

在我的记忆中

糖是在午眠之后

放在高高柜子上的

糖是卖了橘子皮

用一分钱买来的

糖是咬了半块

又包回玻璃纸里的

糖是放在枕头下

最后化成了空气的

那颗糖在母亲的手里

至死都攥着

不肯给我

顿村晚餐

一乡

夏天的湖泊如此梦幻

倒影里总能看见放牛的孩子

但现在钓竿林立

鱼在水中危机四伏

薇菜与蕨菜

是《诗经》里的亲人

它们卖到餐馆

炝炒诗意

青蛙从荷叶上跳进火锅

生姜和葱

燥辣而妖娆

田埂上蛰伏的昆虫

搅乱了春天的阵阵胃痛

在童年　它们是我的朋友

还有那些彬彬有礼的

野鸡和鹿

在动物园里的羞涩

都变成了生猛厨子手下

火辣的想象

朋友们在举起酒杯

瓷碗上飘着袅袅的

享乐主义　趁着月光

猜拳划令充满田野风味

而这样的狂欢之夜

游走的是

麻雀和蚱蜢的点点乡愁

金

豆
花

在高速路上

秋天举起

高高的酒杯

但让人眩晕的

是金豆花

它们在道路两旁

熊熊燃烧

四溅的火星

像漫天的萤火虫

要去点燃

乌云的柴火

小

鱼

缸里有条鱼

它的名字叫影子

它一动不动

睡了一千零一夜

一粒米

落下去

将它砸醒

醉

弹开的瓶盖

飞了很远

领子被使劲提着

高出了屋顶

翻过窗子就会来到

另外一个世界

即便下着雨

即便浑身着火

也要让枪膛

装满雨粒

晒旧书

两本旧书

晒在阳台上

它的主人下落不明

或者老了

或者死了

我是它的新主人

用五元钱将它们买回

晒在阳光下

与花盆挨在一起

那是七月

只有我才会去翻开

又旧又黄的花朵

水塘

四周很黑
水塘很亮
几只鸭子在水边走着

不远处还有几只
它们是母亲和女儿
姐姐和妹妹

傍晚时分
我听到了嘎嘎的叫声
过了会儿
又听到了这样的声音
好像是它在找着它
它在想着它

来了一阵风
茸茸的小鸭
急忙跑进了水中
但里面除了星星
什么也没有

红原

我用柔软的眼睛

收藏一季风暴中的草叶

我用一个异域孩子的头发

安抚头顶的风云

我用倾听鲜花的耳朵

倾听遥远的蹄声

一条小河

从羊群那边过来

喑哑的琴声

失血的嘴唇

当朝霞升起的时候

便听见有人在唱　红原　红原

一首藏族歌曲

从火塘边

我们将它取出

夜　黑下来

彻骨的黑

歌声渐渐明亮

遥远的旅程

将要临近

一首歌曲　将要临近

这片茫茫草原

从一首歌曲出发

已记不清是怎样的面孔

怎样的嘴唇

从什么地方　把歌声

传给我

歌声响起

羊群和马匹飘过了

高原的头顶

稚

菊

在秋天

你不能去摘稚菊

灼热的花朵

连眉毛都是烫的

也不能在夜里

捧起稚菊

露水会收走

下坠的星辰

这个十月

斑斓而热烈

但你不能这样想：

盛开的稚菊

身怀巫术

饲养

养

恐

龙

这是很多年后了

人工孵化的小恐龙

出现在了公园里

它长得白白胖胖

不像展览馆里的祖先

只剩下可怜的骨架

它温柔可爱

会像鹦鹉一样说

"您好""欢迎""拜拜"

但小恐龙害怕狗

这是一个小孩发现的

狗居然敢对着恐龙狂叫

其实在一万年前

狗连只蚂蚁都不如

但现在的恐龙

眼神温顺　笑容可掬

饲养科技让森林和平

世界再也没有

弱肉强食的基因

雨中 之手

是春天了

一场夜雨

正下得淅淅沥沥

冰凉的双手

让世界无所皈依

却让文字疯狂而柔韧

曾无数次地听雨

但现在不同

花朵在雨中急速奔跑

手指蹚过泥泞的

键盘之路

心若天空

有神在悄悄哭泣

它说三月来临　但三月

还有些寒冷

梨花盛开而急急落下

雨在雨里追赶着一场

雨的背影

擦玻璃

降温了

枝叶在窗外抖动

空调呼呼响

把寒冷赶到屋外

一个清洁工

正在外面擦玻璃

他使劲地擦

把玻璃擦得像春天一样

把玻璃后的眼睛

擦成缩着羽毛的鸟一样

一个电话

一个老人

牙齿稀落

坐在黄昏里打电话

他打哪里

给谁打

我一无所知

他抖动着手

一直在打

但总打不通

为什么打

想说什么

我一无所知

我只知道

一个打电话的老人

牙齿稀落

但电话里的人

不肯同他说

一句话

忽然羞愧

在这时

我相信夜晚

是岸边的小猫

我相信哭声

是化了妆的星星

我还相信水银

流到了巫术那里

但就在这时

我看见了它——

黑暗中的栀子花

让四周的一切

忽然羞愧

路上的三个人

牵着一条狗的人
背着手抽烟的人
在路边拉手风琴的人
每天在路上
我都会遇到他们

狗会在石桩下
撒一泡尿
烟头会扔到河里
每天都会听到
"红梅花儿开"

狗是大黄犬
高大威猛
烟是中南海
这味道我熟悉
而那个拉手风琴的人
反复打开风箱
像露出了一件过去的
白色衬衣

车过商丘

傍晚的平原上

奔跑着一列火车

明暗的光影中

被划出了一道界限

梦呓者说着风

说着中原

长长的铁轨里有

异乡的气味

比平原更深的孤独

在向着黑夜奔去

车过商丘

看不到大地的皱褶

我停下手中的笔

六月的土里已没有

一粒种子

乞丐

看着汽车一辆一辆开走

灰尘扑满了他的脸

跟车轮一样脏

没有人知道他在想什么

也不知道他的手一直伸着

从早晨到晚上

有人给了他一元硬币

有人给他块口香糖

还有人把烟头

塞进了他的手里

东湖
的黄昏

黄昏时分

鸟在湖面上叫着

翅膀刚要落下

叫声就会响起

它一声一声在空中喊着

翅膀一次一次落入水中

它们在东湖上

纠缠着　盘旋着

水底的镜子会照出

悲伤的舞蹈

但暮色将尽

涟漪长满了湖面

总有一根深情的藤蔓

拉着它们

不愿放手

山中

天边的那一线白

需要成堆的银

需要一万个匠人日夜不息

精雕细琢

这样的地方

树木伏地

菩萨大慈大悲

地面积下的厚雪

不忍把它踩脏

但我轻轻就举起了

群山的杯子

并让钟声慢慢打湿

唇边的晚霞

无法

知道

在这个世上

我无法知道一些词

比如明亮

比如轻

比如白色

无法知道

童年的夏天

草长得比蜻蜓还高

牛羊在水边舔着

天空和云朵

无法知道

冬天来临

一颗纽扣

就能关上少年

敞开的诗篇

无法知道

亲人离去之后

隔着一层玻璃看我

坚硬的中年

也会融化

也无法知道

在黝黑的河水里

鱼群闪着寒光

为短暂的一生寻找

融化的冰块

最后一课

都德先生

请让我当一回小弗朗士

穿过锯木厂

穿过普鲁士人操练的草地

在一群围观的告示下

听见铁匠瓦什泰在喊:

小家伙,不用急

你再也不会迟到了

是的　当我在走进教室时

有点紧张

哈墨尔那把锃亮的戒尺

不止一次地落到我的屁股上

但那天我看见他穿着

漂亮的绿色礼服

系着大领结

像是要去参加隆重的典礼

这是《最后一课》里的故事

每次读到这里的时候

我就想流泪

都德先生　请让我在这时

当一回小弗朗士

那个有点可怜的家伙

他的书包像凌乱的鸟窝

那是在阿尔萨斯省的一个小镇

我认识树上的白头鸟

还认识村长　邮差

和一个叫霍瑟的老头

他一字不识

却来到了我们的课堂上

这一天

教室里安静得能听到

屋顶上鸽子的叫声

它们什么也不知道

但就是飞上一千公里

也能找到回家的路

还是这一天

我感到了从来没有的异样

那些课本中的字

似乎在同我告别

我叫小弗朗士

但已经没有人这样喊我

亡国奴可以没有名字

未名之旅

我不知道黄昏是什么时候　罩住了

这辆孤单的汽车　莽撞的发动机

在飞扬的尘土中号叫

两只充血的灯泡照出了前行的悲壮

路边的石头渐渐变冷

连绵的河流　树梢中留下的一抹余光

让生命中的疼痛隐隐上升　而夜晚

正向着相反的方向溃败　车轮里的悬崖

贴着银箔　头顶的废墟挡不住

一根羽毛的飘落

黑暗将会点燃女巫的歌声

苍白的冷月被乌云遮挡过一万次

昏昏欲睡的人被莅临震醒　他们睁大眼睛

看着巨大的黑暗　在陌生的旅行中

我仍在想着晚霞的青春和美貌

我还想象着一瓶酒在心中燃起的篝火

但是它来了　黑暗中只有风　只有

孤单的速度　和一条冰凉的旅程

前行　既定的目标坚定得近乎荒谬

这时如果可以　我宁愿选择返回

我甘愿一辈子沿着曾经的道路无功而返

但绝不选择漂泊　车窗在这一刻怦然关上

不是我　是我后面的人打着寒战

他伸手的一瞬　我就知道他渴望回家

在一个我不知道的地方　四季分明

每一粒麦穗都饱含着回溯之力

漂移的温暖在哪里？妇人怀中的婴儿

他的嘴角还残留着几滴

月光一样的奶汁　这是当露水爬上

草叶的一刻　谁的泪水滚过了大地

梦想的碎渣飞溅　而我蜷缩着

被主宰中一路狂奔　迎面撞来的

几盏小灯　让黑夜血流如注

一片混沌　旅行漫无意义

浑然一体的世界正在孕育　正在播撒

弥留中的沉思　尘土扑打着车窗

我听见心跳在加速脱离身体

它像一只重重的拳头　猛击着黑玻璃

而被抹去的地平线上　还会出现

明朗的天气和平展的道路　仿佛一切

都将过去　远处的尸骨上正绽放着鲜花

一场春天里埋伏的种子

在我们的飞奔中点燃　看着

那些青春的野草化为泥土　看着

那些梦想的烽烟被风吹散　我就知道

这样的旅程　一生只有一次

它不会反顾也不知来去　它奔跑着

时光之鸟在冥冥中飞翔着　它们通过

前行的方式　在生命的岁月中秘密相约：

一个抵达天堂　一个直奔地狱